Titolo
Fotografa Sottomessa
Di
Erika Sanders
Serie
Collezione di dominazione erotica

Sinossi

Julia è una fotografa professionista che ama immortalare momenti importanti della vita delle persone attraverso le sue fotografie.

Mentre nel suo studio rivela le ultime foto che aveva scattato a una famiglia, un nuovo cliente entra nei locali.

Questo cliente, un dirigente ben posizionato e famoso, ha un incarico non convenzionale per Julia: girare scene per adulti.

Julia è riluttante ad accettare questa commissione, ma l'offerta dell'esecutivo è molto succulenta...

Fotografa sottomessa è un romanzo con un forte contenuto di BDSM erotico e, a sua volta, un nuovo romanzo appartenente alla collezione di Dominazione Erotica, una serie di romanzi con un alto contenuto di BDSM romantico ed erotico.

(Tutti i personaggi hanno almeno 18 anni)

Nota sull'autrice

Erika Sanders è una scrittrice di fama internazionale, tradotta in più di venti lingue, che firma i suoi scritti più erotici, lontani dalla sua prosa abituale, con il suo cognome da nubile.

Indice

FOTOGRAFA SOTTOMESSA
ERIKA SANDERS

PRIMEIRA PARTE
A oferta de emprego

CAPITOLO 1

Julia sedeva nella stanza buia del suo piccolo studio fotografico mentre sviluppava immagini fotografiche.

La fotografia è sempre stata la sua passione e lei l'ha trasformata nella sua carriera.

La trentenne osservò attentamente mentre le immagini venivano completate.

Li ha appesi ad asciugare e si è presa un momento per ammirare il suo lavoro per una famiglia amorevole.

Julia interruppe il suo lavoro quando sentì suonare il campanello dopo l'apertura della porta.

Andò alla reception e vide una donna esecutiva sulla quarantina, vestita come qualcuno che lavorava in un ufficio molto elegante.

"Buon pomeriggio", disse Julia con un caldo sorriso. "Benvenuti nel mio studio fotografico. Mi chiamo Julia. Come posso aiutarti?"

La donna professionale sorrise di rimando.

"Ciao Julia. Mi chiamo Catherine."

Si strinsero la mano mentre Julia era in piedi dietro il bancone.

"Piacere di conoscerti, Catherine. C'è qualcosa che posso fare per te oggi? Stai cercando qualcosa in particolare?"

"In realtà lo sono. Adoro il tuo lavoro. Penso che tu sia bravo a scattare ritratti e catturare momenti speciali."

Julia arrossì.

"Grazie. Sei qui per una raccomandazione?"

"Effettivamente ricerca. Penso che le immagini che hai sul tuo sito web siano fantastiche. Sei una donna di grande talento."

"Faccio il meglio che posso".

"Quindi come funziona questo processo?" Chiese Catherine. "Le persone ti contattano, ti dicono quello che vogliono e poi scattano foto di loro? Ovviamente non sono nuovo a questo."

"Di solito funziona così. A volte le persone vengono nel mio studio se vogliono fare ritratti o altre volte mi assumono per tornare a casa."

"Che tipo di foto fai di solito?"

"Dipende", rispose Julia. "Se devo uscire, di solito è per matrimoni, cerimonie, lauree, cose del genere. Nel mio studio di solito faccio ritratti di famiglia."

"Ti dispiace se ti faccio una domanda personale?"

"Avanti."

"Guadagni molti soldi facendo questo?"

"È una vita dignitosa."

"Julia, non perderò il tuo tempo" disse Catherine in tono professionale. "Sto cercando di assumere un fotografo per una serie di servizi fotografici. Pagherò buoni soldi e richiederò la massima discrezione. Tutte le immagini saranno orientate agli adulti."

"Questo non dovrebbe essere un problema", rispose Julia con sicurezza. "Prima ho fatto molto lavoro nudo. Sono a mio agio con questo genere di cose."

"Che tipo di esperienze hai al riguardo?"

"Ho frequentato alcune lezioni di nudo artistico al college. Nella mia carriera fotografica ho scattato sensuali ritratti di nudo femminile. È una richiesta abbastanza comune. Presumo che tu voglia qualcosa del genere."

Catherine sorrise.

"Non del tutto. Quello che faccio implica un po 'più di erotismo."

"È pornografico?" Chiese Julia con cautela.

"Non sono una persona a cui piace etichettare le cose. Esploro i limiti della sessualità umana in un modo molto particolare. Ho amici speciali e vorrei che documentassi alcune delle nostre sessioni con il tuo set unico di abilità. Come fotografo "

Julia era un po 'perplessa.

"Non posso. Mi dispiace. Senza offesa, ma probabilmente non avrei potuto fare del mio meglio in quell'ambiente."

Catherine prese la borsa e mise un biglietto da visita sul tavolo.

"Grazie per il tuo tempo," rispose Catherine educatamente. "Come artista, speravo che avessi una mente aperta a tutte le forme d'arte che coinvolgono il corpo umano. Se sei curioso di quello che faccio, chiamami. Spero ancora che alla fine potremo lavorare insieme. Buona giornata."

"Anche tu. Grazie per essere venuto. Mi scuso per non essere stato in grado di aiutarti."

"Non scusarti. Questo non è per tutti. Sul retro della mia carta ho scritto l'importo che avrei pagato per i tuoi servizi. Pensaci."

Detto questo, Catherine si voltò e lasciò il piccolo studio.

Era stata l'offerta più insolita che Julia avesse ricevuto da quando aveva iniziato la sua attività di fotografia.

Non era mai stata sollecitata per qualcosa di apertamente sessuale prima.

Prese la carta e la guardò.

Con sua sorpresa, Catherine ricoprì una posizione di alto livello presso un'importante banca di investimento in città.

Julia girò la carta e vide il prezzo che Catherine era disposta a pagare, e fu sorpresa.

CAPITOLO 2

Più tardi stava pensando quella notte.

La curiosità era ancora nella mente di Julia prima di andare a letto, nonostante una parte di lei volesse stare lontana da Catherine.

Andò nella spazzatura dove l'aveva gettata via e tirò fuori il biglietto da visita di Catherine, che lo aveva trasformato in una palla.

Lo spiegò e diede un'altra occhiata.

Quindi andò al suo computer per una rapida revisione.

Dopo una breve ricerca, Julia ha trovato la pagina LinkedIn di Catherine.

Catherine era una donna d'affari di grande esperienza con una posizione elevata in una grande banca di investimento.

La quantità di esperienza che Catherine ha avuto ad alto livello è stata sorprendente per Julia.

Julia ha continuato la sua ricerca online e ha trovato la pagina Facebook di Catherine, aperta a tutti.

Guardò attraverso le foto personali della donna d'affari.

Catherine era bellissima, elegante, sofisticata, con un'aura dominante.

Julia si chiedeva perché una donna del genere fosse interessata a scattare fotografie esplicite.

Ma ovviamente ognuno ha i suoi segreti, pensò Julia.

L'intrigo era abbastanza per Julia per cambiare idea.

Dopo tutto, quanto possono essere squallide queste immagini?

Sicuramente dovevano essere di buon gusto.

Aprì la sua e-mail e scrisse a Catherine un messaggio:

Ciao Caterina

Spero ti stia divertendo. Sono Julia dello studio fotografico. Ho pensato molto alla tua offerta e potrei riconsiderare la mia posizione sull'argomento, se sei ancora interessato a lavorare con me. Ma prima ho alcune domande. C'è un momento appropriato in cui possiamo parlare al telefono? O desideri continuare a comunicare via e-mail? Fammi sapere.

Attenzione,

Julia "

Guardò l'orologio, ed erano già le venticinque di notte.

Julia spense il computer e diede un'altra occhiata al biglietto da visita.

Lo rigirò e guardò il biglietto scritto a mano di Catherine: cinquecento dollari l'ora.

Era diventata più curiosa solo quando andava a letto.

CAPITOLO 3

La mattina seguente fu una tipica mattinata per Julia.

Quando non c'erano clienti o clienti nel suo piccolo studio, trascorreva il suo tempo nella camera oscura a sviluppare altre foto.

Era un lavoro noioso, ma le piaceva.

Quando ebbe finito, lasciò la stanza buia e guardò il suo laptop sulla sua scrivania.

Ci sono state diverse nuove e-mail.

Gli occhi di Julia scrutarono brevemente l'elenco dei messaggi, principalmente legati al lavoro.

Ciò che attirò immediatamente la sua attenzione fu la risposta e-mail di Catherine.

Lo ha aperto:

Julia

Sono contento che tu abbia riconsiderato la mia offerta. È meglio se ci incontriamo di persona per discuterne. Vieni nel mio ufficio venerdì alle otto del mattino. Prenderò un appuntamento per te e il mio segretario per farti entrare.

Catherine "

La breve e-mail fu più che sufficiente per suscitare nuovamente l'interesse di Julia.

Prese la borsa per cercare nel biglietto da visita di Catherine l'indirizzo del suo ufficio in centro.

Usò Internet e cercò le indicazioni per arrivarci da casa sua e si assicurò di mantenere il suo programma chiaro per venerdì mattina.

SECONDA PARTE
La stanza della schiavitù

CAPITOLO 4

Julia era nervosamente in piedi nell'ascensore mentre saliva nel grande edificio.

Indossava una camicia abbottonata con una gonna da ufficio per apparire appropriata nell'ambiente aziendale.

Quando l'ascensore finalmente raggiunse il pavimento, Julia cercò timidamente l'ufficio di Catherine nella strana area per lei.

Quando la localizzò, si avvicinò a un giovane segretario che gli permise di entrare nell'ufficio.

Silenziosamente deglutì quando entrò e si rese conto di aver appena interrotto il lavoro di Catherine, qualunque cosa fosse all'epoca.

"Per favore, siediti," disse Catherine educatamente da dietro la sua scrivania. "Sono contento che tu abbia cambiato idea su una possibile relazione."

Julia si sedette e si rilassò.

"Beh, ci ho pensato e ho capito che probabilmente è qualcosa di buon gusto."

"Guarda il mio ufficio. Certo, tutto ciò che faccio è di buon gusto", ha detto scherzosamente la donna d'affari.

"Posso assolutamente vederlo."

"E sono sicuro che i soldi che offro ti hanno aiutato a convincerti, è corretto?"

Julia arrossì.

"Fa parte di esso."

"Bene" concordò Catherine. "Apprezzo la tua onestà. Non c'è vergogna nel volere più soldi."

"Il denaro è sempre buono. Non sono esattamente ricco. Ma più di ogni altra cosa, amo l'arte della fotografia. Adoro catturare immagini di persone che dureranno una vita. Sembri una persona davvero interessante e raccontare la tua storia con le mie foto è stato un'opportunità che non sono riuscita a lasciarmi sfuggire. "

"Sapevo che stavo scegliendo la donna giusta per il lavoro" sorrise Catherine.

"Ti dispiacerebbe darmi un'idea di quello che vuoi? Capisco il tuo bisogno di discrezione dato l'argomento. Ma a questo punto, mi piacerebbe sapere in cosa mi sto cacciando."

"Conosci la schiavitù e lo stile di vita BDSM?"

Julia fu sorpresa.

"Sì, lo sono."

"Cosa puoi dirmi a riguardo?"

Julia ci pensò un momento.

"Non molto. Conosco solo le cose da cliché che vedo in TV. Sai, fruste, catene, pelle. Questo genere di cose."

"Questo è solo un piccolo aspetto del feticcio", ha spiegato Catherine. "Il vero BDSM riguarda il dominio e la sottomissione. Si tratta di perdere potere e donarsi completamente a un'altra persona. Sicuro e consensuale, naturalmente. Fruste e catene sono semplici strumenti per raggiungere un obiettivo specifico."

"È, come, un'amante o qualcosa del genere?" Chiese Julia in tono timido.

"Non mi piacciono le etichette. Ma penso che si adatterebbe a quella descrizione. Ti dà fastidio?"

"Niente affatto. Umm, penso che l'empowerment femminile sia una grande cosa."

"Anch'io," concordò Catherine. "E vedrai un grande potenziamento femminile quando verrai nella mia stanza speciale. La maggior parte dei miei sottomessi sono potenti uomini d'affari nella loro vita quotidiana. Si preoccupano di farmi inginocchiare in privato."

"E tu?"

"Io cosa?"

"Ti presenti anche tu?" Chiese Julia.

Catherine sorrise.

"Certo che lo so. Non lo farei se non amassi ogni secondo."

"Come funziona? Voglio dire, vengono a trovarti? E allora? Li colpisci o qualcosa del genere?"

"Ho una stanza di schiavitù speciale nella mia soffitta", rispose Catherine. "Incontro diversi sottomessi dal mondo aziendale. È qualcosa di esclusivo. Di solito nei fine settimana. Solo per un'ora."

"Perché un'ora?" Chiese Julia.

"È il periodo di tempo perfetto, secondo me. Se durasse troppo a lungo, le cose inizierebbero a fare male, in modo negativo. Se fosse troppo breve, non ci sarebbero abbastanza preliminari per costruire le cose. Un'ora è il tempo perfetto per costruire un climax incredibile ".

"Sembra provocatorio."

"Aspetta di vederlo" disse Catherine. "Indosso una maschera d'oro. È come un alter ego che ho. Una volta che la maschera è accesa, divento una persona diversa. Se le persone pensano che io sia una cagna in ufficio, aspetta che tu sia nella mia stanza di schiavitù con me con la maschera e una frusta in mano. Divento qualcosa di completamente diverso. "

Julia era attratta da Catherine.

Era un nuovo mondo di libertà sessuale senza le restrizioni delle inibizioni personali.

Lo respinse in qualche modo, ma allo stesso tempo era completamente affascinante.

Non vedevo l'ora di vederlo e catturarlo sulla fotocamera.

"Vuoi che fotografi l'intera esperienza, vero?" Chiese Julia, per chiarire.

"Voglio che tu fotografi tutto tranne i volti. La discrezione è della massima importanza, poiché i miei sottomessi sono per lo più individui facoltosi. Non ti sarà permesso di sapere chi sono. Saranno sempre mascherati."

Le dita di Julia si mossero nervosamente.

"Sarò onesto. Tutto questo mi sembra strano. Non mi è mai stato chiesto di far parte di qualcosa di simile prima. Non ho mai visto queste cose in video, il che non significa che non ho visto la pornografia. Tutto è molto nuovo per me."

"Allora ti invidio", rispose Catherine.

"Davvero perchè?"

"Perché lo esplorerai per la prima volta, con occhi vergini."

"Sarà sicuramente così", rispose Julia.

"Dimmi, sei soddisfatto della tua vita sessuale?"

"Cosa intendi?"

"Sei sessualmente soddisfatto?" Chiese Catherine senza mezzi termini. "Ti cum come vuoi? Ti piacerebbe avere orgasmi migliori? Vuoi qualcuno che ti frega il corpo e l'anima?"

Julia fu sorpresa dalle rispettabili domande della donna d'affari.

"La mia vita sessuale potrebbe essere migliore", ha ammesso. "Sono single. Non esco da molto tempo. È il prezzo personale che pago per gestire la mia attività."

"Quindi probabilmente ti masturbi molto."

"Più o meno."

Catherine prese una penna e un blocco note e iniziò a scrivere.

Una volta finito, consegnò il biglietto a Julia.

"Questo è l'indirizzo del mio appartamento" disse Catherine. "La prossima sessione è sabato alle dieci di sera. Non fare tardi. Sarai pagato cinquecento dollari per l'intera ora. Scatta foto di ciò che vuoi, tranne i volti o qualsiasi cosa che possa essere usata per identificare qualcuno. Le immagini mi appartengono esclusivamente. Quindi non pubblicarle da nessuna parte. Il mio segretario avrà un contratto e moduli di riservatezza pronti da firmare quando lasci il mio ufficio. Per ora sarà tutto ".

Julia si alzò in piedi.

"Grazie. Attendo con impazienza il nostro incontro di sabato."

Anche Catherine si alzò e le due donne si strinsero la mano per chiudere informalmente l'accordo.

"Un'altra cosa, indossa un bel vestito quando vieni. Voglio che tu abbia un bell'aspetto."

Lo sguardo sulla faccia di Julia cambiò.

In quel preciso momento, si era appena reso conto di quello in cui stava entrando.

CAPITOLO 5

Dopo aver incontrato il segretario per firmare i moduli e gli accordi, Julia lasciò rapidamente l'edificio aziendale per respirare aria fresca.

La sua mente era un misto di emozioni.

Ero curioso, ma ero nervoso.

Ero incuriosito, ma riluttante.

Si rese conto che era tutto in testa, ma era troppo tardi per ritirarsi.

Aveva già dato la sua parola, firmato i contratti e non si poteva tornare indietro.

La strada del centro era piena e osservò i dipendenti delle aziende camminare verso le loro destinazioni, mentre rimase completamente nervosa.

Julia vide una piccola caffetteria all'aperto e si avvicinò per mettersi in fila.

Avevo disperatamente bisogno di qualcosa di forte da bere.

Nel momento in cui Julia si mise in fila, sentì una voce chiamarla da dietro.

Si voltò e vide il segretario personale di Catherine avvicinarsi a lei con un sorriso.

La segretaria era sorprendentemente giovane, ventenne, ed era molto bella.

"Ho dimenticato di firmare qualcosa?" Chiese Julia, mentre il segretario si avvicinava.

"No. Tutto è già fatto. Sono in pausa e volevo parlarti."

"Perchè?"

"So per cosa sei stato assunto", ha detto. "Quando hai firmato i documenti, sembravi terrorizzato, come se stessi firmando un contratto per la tua vita."

"Puoi incolparmi di sentirmi così?"

Il segretario sorrise.

"È una sensazione normale. So esattamente cosa stai passando."

"Lo sai?" Chiese Julia.

"Sì. Diciamo che ho svolto un lungo processo di intervista per ottenere il mio lavoro come segretaria di Catherine."

Julia non impiegò molto a stabilire la connessione.

Si rese immediatamente conto che la bella giovane segretaria era sessualmente sottomessa a Catherine.

Julia fece del suo meglio per evitare di sembrare sorpresa.

"Quindi tu e Catherine?" Chiese Julia in modo suggestivo e curioso.

Il segretario annuì con orgoglio.

"Ho fatto domanda per il lavoro sapendo che non ero qualificato per lavorare per una donna corporativa di alto livello. Ma pensavo di non avere nulla da perdere. Mi ha intervistato personalmente. Mi sono reso conto che le piaceva il mio aspetto. E prima che lo sapessi, ho firmato molti degli stessi documenti che hai fatto. Poi mi ha fatto entrare nel suo mondo privato di avventure. "

"Perché mi stai dicendo questo? Non voglio sembrare scortese, ma non sono esattamente le informazioni che dovrebbero essere condivise."

"Sembra che potresti aver bisogno di un amico. Non voglio che tu sia nervoso."

"Grazie", rispose Julia. "Tuttavia, sono già nervoso. Non posso fare a meno di pensare di aver fatto un grosso errore. Non sono sicuro di poter gestire un feticcio del genere."

"Ho pensato la stessa cosa quando ho iniziato a mettermi in gioco con lei. Ero terrorizzata quando ho visto per la prima volta la sua stanza di schiavitù. Le mie mani tremavano quando abbiamo iniziato il processo. Ma ora, non posso essere senza di essa."

"Cosa ti ha fatto cambiare opinione?" Chiese Julia.

"Piacere".

CAPITOLO 6

Sabato sera.

Julia andò nell'appartamento con la sua macchina fotografica nella sua custodia e indossava un vestito giallo che aveva acquistato appositamente per l'occasione.

Erano le nove di sera.

È arrivato un'ora prima dell'appuntamento quando è salito sull'ascensore.

Essere puntuali faceva parte del lavoro.

Quando arrivò a terra, Julia andò nell'appartamento di Catherine e chiamò.

Non dovette aspettare molto che Catherine aprisse la porta a piedi nudi in una veste di seta.

I capelli di Catherine erano ben curati, così come il suo trucco perfetto.

"Sei in anticipo" sorrise Catherine.

"Mi piace sempre essere in anticipo. È un problema? Posso sempre tornare un po 'più tardi ..."

"No, no, va bene. Vieni. Sono contento che tu sia arrivato presto. Ci dà la possibilità di parlare un po 'di più."

Julia entrò nell'appartamento e si meravigliò di tutto.

"Bel posto," disse Julia con ammirazione. "È meraviglioso. Non ho mai visto niente del genere in città."

"Stasera ci saranno molte cose che non hai mai visto prima."

"Sono sicuro che hai ragione. Posso vedere la tua stanza di schiavitù? Mi piacerebbe fare qualche foto in questo momento."

"Non ancora", rispose Catherine. "Voglio che tu faccia delle foto quando tutto inizia, non prima."

"Va bene."

"Qualcosa di spaventoso?"

Julia ci pensò un momento.

"Leggermente. Ma starò bene. Comunque, sono decisamente curioso. Non ho mai fatto parte di qualcosa del genere."

"Sei il tipo di donna che si divertirà. Lo sento."

"Cosa te lo fa dire?"

"Lo sto facendo da molto tempo", rispose Catherine. "So molto sulle abitudini sessuali delle persone semplicemente guardandole. Dopo stasera, sono sicuro che sarai desideroso di tornare. Sarai catturato. Fidati di me."

All'improvviso Julia si sentì a disagio con l'ipotesi di Catherine.

Ha cercato di rimanere professionale e seria.

"Allora, cosa puoi dirmi dell'ospite di stasera?" Chiese Julia, cambiando argomento.

"È ricco. È un mio amico di vecchia data. Di solito ricevo consigli di lavoro da lui, ma sessualmente mi prende i suoi ordini. Non vedrai la sua faccia e non conoscerai la sua identità."

"A che ora arriverà?"

"È qui" sorrise Catherine.

"Egli è ...?"

Catherine gesticolò guardando in fondo al corridoio.

"È nella mia stanza principale. Vuoi che diamo un'occhiata?"

Entrambe le donne percorsero il corridoio del lussuoso appartamento.

La frequenza cardiaca di Julia salì alle stelle come se stesse facendo un esercizio cardiovascolare.

Il suo cuore batteva forte quando Catherine aprì la porta della camera da letto principale.

"Eccolo" disse Catherine.

Julia fu quasi scioccata quando vide un uomo di mezza età seduto sul letto, vestito solo con le mutande.

Il viso e la testa erano coperti da una maschera di pelle nera.

In lui c'erano buchi per lui di vedere e parlare.

Guardò direttamente Julia.

Il suo corpo rifletteva la sua età e la sua figura era liscia e paffuta.

Le loro mani erano legate insieme da una corda.

"Cosa ne pensi?" Chiese Catherine con un sorriso malvagio confinante.

"Non so cosa pensare".

"Beh, hai paura di cosa gli farò? Questo ti eccita in qualche modo? Devi avere delle idee a riguardo."

"Certamente è un'immagine molto provocatoria."

Catherine sorrise.

"Se ritieni che ciò sia provocatorio, attendi l'inizio dello spettacolo. Tuttavia, non è ancora tempo."

Chiuse la porta della camera da letto e si fermarono in corridoio.

"Nel frattempo," disse Catherine, guardando il corpo del fotografo. "Pensavo di averti detto di indossare un bel vestito per stasera."

Julia guardò brevemente il suo vestito giallo a buon mercato.

"Mi dispiace. Questo è stato il migliore che ho trovato."

"Non è abbastanza buono. Seguimi."

Le due donne si diressero verso una stanza diversa in fondo al corridoio.

Era una stanza per gli ospiti, che era impressionante come la stanza principale.

La stanza era ordinata e il letto sembrava fresco.

Catherine aprì l'armadio e cercò brevemente l'ampia varietà di abiti costosi.

Quando trovò quello che cercava, lo gettò sul letto.

Era un abito nero sottile ed elegante.

"Indossalo" disse Catherine. "Non voglio che tu indossi qualcosa di diverso da quello, nemmeno le tue scarpe."

"E il mio reggiseno e le mie mutandine?"

"Nemmeno. È un problema?"

Julia scosse la testa.

"Non."

"Bene. Vestiti in questa stanza. Torno presto una volta che mi metterò gli stivali e mi libererò di questa veste."

"Va bene."

"Sei pronto per questo?" Chiese Catherine.

"Sono."

"Sembri imbarazzante. Va bene essere nervosi. Ma se non vuoi continuare, va anche bene. Posso sempre trovare qualcun altro e ti pagherò anche per stasera."

Julia respirò brevemente.

"No. Voglio farlo. Metterò il vestito e sarò pronto quando lo sarai."

"Eccellente" sorrise Catherine, prima di voltarsi per andarsene.

Julia rimase sola nella lussuosa camera degli ospiti.

Guardò il vestito nero che giaceva sul letto e si chiese quanto valesse la pena.

Sembrava costoso.

Abbassò la macchina fotografica, poi si tolse il vestito giallo e lo gettò sul letto.

Si tolse le scarpe.

Alla fine, come richiesto da Catherine, si tolse reggiseno e mutandine e rimase nuda nella stanza.

Fissò il suo aspetto nudo allo specchio, notando quanto fosse normale.

Prese l'abito nero e se lo mise, poi si guardò di nuovo allo specchio.

Questa volta, sembrava molto diversa.

Sembrava una donna di classe ed eleganza.

"Bella", disse la voce di Catherine dal corridoio.

Julia fu sorpresa di averla osservata, ma non era sicura di quanto tempo.

I suoi occhi si spalancarono per lo stupore quando vide Catherine con un corsetto nero e lunghi stivali neri.

L'aspetto di Catherine era in netto contrasto con il suo solito abbigliamento professionale.

"Oh grazie," rispose Julia con calma. "Sei bellissima anche tu."

"Ora è il momento. Ho rimosso l'assicurazione sulla mia stanza speciale. È alla fine della sala. Aspettami lì con la tua macchina fotografica pronta e io prenderò il nostro ospite speciale. Sei libero di scattare le foto come vuoi. Non ti darò istruzioni su come svolgere il tuo lavoro. Dipende da te. "

"Grazie."

Catherine si fece da parte, indicando a Julia che era ora di andare da soli nella stanza della servitù.

Julia respirò piano, e con la sua grande macchina fotografica in mano, oltrepassò Catherine e si diresse lungo il corridoio verso la stanza aperta.

CAPITOLO 7

La stanza della schiavitù era grande e le pareti erano coperte di imbottitura nera.

Era una stanza molto ben illuminata.

Gli occhi di Julia scrutarono i diversi oggetti e gadget sessuali in mostra.

C'era una grande varietà di dildo, giocattoli sessuali, catene e fascette.

C'erano una sedia e un tavolo nella stanza, che erano gli unici mobili disponibili.

Sul muro c'era un grande orologio per garantire che ogni sessione durasse esattamente un'ora.

Fu solo quando sentì il suono dei tacchi di Catherine che batteva sul pavimento che Julia si ricordò che aveva un lavoro specifico da svolgere.

Stavano arrivando e Julia preparò la sua macchina fotografica per scattare foto.

La prima cosa che Julia vide entrare nella stanza fu l'uomo di mezza età, con le mani ancora legate e il viso ancora coperto per proteggere la sua identità.

Julia gli ha fatto una foto.

Quindi Catherine entrò nella stanza.

Indossava una maschera d'oro lucido che le copriva il viso, ma permetteva ai suoi capelli di cadere liberamente.

La maschera sembrava essere stata creata nel XV secolo circa per una famiglia reale, pensò Julia.

Julia fece delle foto a Catherine che guidava l'uomo nella stanza e poi chiuse la porta.

Julia osservò incuriosita mentre l'uomo legato doveva inginocchiarsi.

Catherine gli ordinò di mettersi in ginocchio e di tacere.

Julia ha fatto altre foto.

Catherine è andata alla sua collezione di giocattoli erotici e ha cercato quello che voleva.

Alla fine si sistemò su un lungo dildo color carne.

Ma non aveva ancora finito.

Legò il dildo ad una cintura e poi lo fece scivolare sul suo corsetto di cuoio.

Julia ha fatto altre foto.

"Sei pronto stasera?" Chiese Catherine al suo uomo sottomesso.

"Mmm ... Hmmm ..." mormorò in risposta.

"Bravo ragazzo" disse Catherine in tono condiscendente. "Ora voglio che il tuo culetto si pieghi sul tavolo."

L'uomo si alzò e si fermò sul tavolo, con lo stomaco e le gambe divaricate.

L'uomo dimostrò di averlo fatto diverse volte prima e che si stava godendo ogni momento, non importa quanto l'esperienza tempestosa o degradante sembrasse a una persona normale.

Catherine prese una piccola pala di legno e cominciò a toccare delicatamente il sedere dell'uomo.

All'inizio era liscio, come se le importasse del suo benessere.

Con la pala cominciò a colpirlo più forte, poi ancora più forte.

L'uomo cominciò a mormorare con la bocca mentre i colpi diventavano più intensi.

Julia stava quasi male per lui, ma ha fatto il suo lavoro e invece ha fatto delle foto.

"Ti piace, porcellino?" Gli chiese Catherine, continuando con la pala.

"Mmm ... Hmm ..."

"Ho qualcos'altro per te."

Catherine posò la pala e legò le mani e le caviglie dell'uomo ai diversi angoli del tavolo.

È stato catturato.

Tutta la sua fiducia era completamente riposta in Catherine.

Era per sua volontà e per sua misericordia.

Afferrò una bottiglia di lubrificante e se ne coprì una grande quantità sulla punta del dito.

Julia scattò foto ravvicinate del dito lubrificato di Catherine.

Julia quindi scattò foto ravvicinate del dito che entrava nell'ano dell'uomo.

Gemette mentre veniva penetrato dal dito di Catherine.

Quindi inserì due dita.

Quindi tre.

Julia si chiese se l'uomo si stesse divertendo.

Ma quella non era la sua preoccupazione.

Il lavoro di Julia era quello di scattare una foto della penetrazione, e lo fece, con la fotocamera che catturò tutto.

Lo stomaco di Julia quasi affondò quando vide Catherine posizionarsi dietro l'uomo, il grande pene legato alla sua vita che puntava direttamente al calcio allungato dell'uomo.

Julia era pronta a urlare e perorare a favore dell'uomo indifeso sul tavolo.

Voleva fermare questa follia da parte sua.

Ma lei no.

Non era il suo ruolo.

Aveva la bocca incredula e abbassò brevemente la videocamera in modo da poter vedere la penetrazione anale con i propri occhi.

Era uno spettacolo stridente.

Alzò la macchina fotografica, la puntò direttamente sulla penetrazione anale e scattò altre foto.

CAPITOLO 8

Lunedi.

Era mattina presto e Julia era in piedi nella sua stanza buia e rivelava tutte le foto che aveva scattato per Catherine.

In totale c'erano oltre duecento immagini.

I primi lotti erano pronti.

La qualità delle immagini era buona e ammirava il suo lavoro.

Sapeva che Catherine sarebbe stata contenta del modo in cui aveva catturato la stanza della schiavitù.

Sapeva che a Catherine sarebbe piaciuto anche come l'uomo sottomesso fu catturato.

C'erano immagini che catturavano Catherine nel suo vestito e c'erano primi piani della maschera d'oro.

Julia guardò brevemente il resto delle strisce di pellicola che aveva preso.

Guardò le immagini dell'uomo che succhiava l'oggetto sessuale, veniva frustato, quindi sodomizzato per un lungo periodo dalla grande cintura.

Il battito del suo cuore si alzò.

Quindi guardò le immagini dell'uomo scosso da Catherine.

Aveva sparato un enorme carico di sperma sul terreno, che gli era stato quindi ordinato di pulire con la lingua.

Julia avvertì una sensazione di bruciore tra le gambe.

Era eccitata nella sua stanza buia, proprio come era stata nella stanza di schiavitù di Catherine.

Si sbottonò i pantaloni e fece scivolare la mano destra sulle mutandine.

Ha guardato il film che veniva rivelato, l'uomo che succhiava il dildo mentre era in ginocchio, e si toccava sessualmente.

Ricordava tutto ciò che sentiva quando vide tutto per la prima volta.

Immaginava che fosse sodomizzato e Catherine lo masturbasse.

Si toccò pensando all'uomo che succhiava le tette di Catherine.

Pensò a tutti i commenti verbalmente degradanti che le aveva fatto e alla difficile situazione in cui era stata posta.

Quindi, Julia si immaginò nella posizione dell'uomo.

Si chiese se le sarebbe piaciuto essere succhiato da un dildo ed essere sodomizzato in una posizione così degradante.

Quando ebbe un orgasmo nella camera oscura, si rese conto che la risposta era sì.

TERZA PARTE
Maschera d'oro e abito nero

CAPITOLO 9

Due mesi dopo Julia indossava un vestito nuovo quando andò nell'ufficio di Catherine.

L'avevano invitata a un incontro privato.

Una volta raggiunto il pavimento senza esitazione, ebbe una breve discussione con il segretario e gli fu permesso di entrare nell'ufficio di Catherine.

Le due donne si salutarono con un abbraccio e si sedettero entrambe nei rispettivi posti, con Catherine dietro la sua grande scrivania e Julia seduta di fronte a lei.

"Posso onestamente dire che sei il miglior impiegato che abbia mai avuto", ha detto Catherine. "Ciò significa qualcosa, dato il numero di persone qualificate che hanno lavorato per me nel corso degli anni."

Un sentimento di orgoglio dilagò su Julia.

"Grazie. Faccio del mio meglio."

"Ti piace avermi come datore di lavoro? Ho la reputazione di essere una vera cagna, che è meritata."

"Non credo che tu sia una cagna," rispose scherzosamente Julia. "Penso che tu sia una donna forte. E sei facilmente il datore di lavoro più intrigante che abbia mai avuto. Ogni settimana è una specie di strabiliante mente. Lo adoro. Attendo sempre con impazienza i nostri incontri."

"Beh, sfortunatamente, i tuoi servizi non saranno più necessari", ha detto Catherine in tono commerciale diretto. "Hai completato il tuo compito fotografando tutti i miei sottomessi. Penso che tu abbia fatto un lavoro meraviglioso. Il tuo lavoro ha superato di gran lunga le mie aspettative."

Julia fu sorpresa.

Aveva amato divertirsi, guardare e scattare foto della vita sessuale segreta di Catherine.

Andare nel suo appartamento il sabato sera era la sua emozione della settimana.

E si masturbava in privato ogni volta che tornava a casa.

Si era anche affezionato alla compagnia di Catherine ogni settimana.

"Oh bene, sono contento che ti sia piaciuto il mio lavoro", rispose Julia, cercando di non sembrare devastata.

"Non sono l'unico a cui piace. Tutti i miei uomini sottomessi concordano sul fatto che hai fatto un lavoro eccezionale con la tua fotografia. Riceverai un bonus considerevole per questo. Quando lasci il mio ufficio, il mio segretario lo farà, consegnandoti una busta con i soldi."

"È molto gentile da parte tua."

Catherine sorrise.

"Non è un problema."

"C'è un modo in cui ... possiamo ... continuare questo?" Chiese Julia con tutta la sicurezza che riuscì a raccogliere. "Come fotografo, penso che ci siano molte altre cose che potremmo esplorare e che non abbiamo ancora fatto."

Catherine alzò un sopracciglio.

"Davvero? Quindi il timido piccolo fotografo vuole continuare a lavorare per me. È interessante."

"Beh, sono interessato al tuo hobby," ammise Julia nonostante se stessa. "È una cosa affascinante e penso che abbiamo fatto un ottimo lavoro insieme in termini di creazione artistica."

Catherine ci pensò su per un momento.

"Potrei avere qualcos'altro per te. Nessuna garanzia. Ma potrebbe essere fuori dalla tua portata."

L'attenzione di Julia fu improvvisamente risvegliata.

"Che cos'è?"

"Il feticcio della schiavitù è più comune nel mondo degli affari di quanto si pensi. È molto popolare tra gli uomini potenti, perché amano il cambio di ruolo. Amano rinunciare alle donne seducenti dopo essere state il capo di tutto. il giorno. Ti interessa finora?"

"Assicurazione."

"Fantastico. Contatterò gli organizzatori dell'evento per vedere se puoi partecipare."

"Evento?" Chiese Julia.

"Sì, è un piccolo evento che accade di tanto in tanto. È una festa di schiavitù, fondamentalmente, dove i ricchi e potenti si divertono davvero da adulti."

"Sembra qualcosa che mi piacerebbe vedere."

Catherine sorrise.

"Non ne hai idea. È così sporco e volgare che tutti sono mascherati. Tutto è completamente discreto. Inoltre, è una tradizione."

"Cosa avrei fatto lì?"

"Scatta foto. Cos'altro sarebbe? Forse gli organizzatori dell'evento vogliono delle bellissime foto per souvenir o qualcosa del genere."

"Posso assolutamente farlo", rispose Julia. "Ad essere onesti, da quando ho iniziato a scattare foto delle tue sessioni di bondage, tutto il resto che faccio sul lavoro sembra molto noioso in confronto."

Catherine sorrise.

"Sapevo che ti sarebbe piaciuto. Sei quel tipo di ragazza. Ora, se mi scusi, ho un appuntamento tra pochi minuti."

"Oh, certo. Grazie per il tuo tempo."

Julia si alzò e allungò la mano per una stretta di mano prima di andarsene.

"Un'altra cosa" aggiunse Catherine. "I miei altri amici non giocano sempre legalmente. Quindi, se vuoi continuare a lavorare per me, devi essere al sicuro."

"Sono sicuro."

Catherine annuì.

"Lo pensavo. Ci terremo in contatto. E ti risponderemo presto.".

CAPITOLO 10

Una settimana dopo.

Era martedì mattina presto.

Julia fu svegliata da una serie di colpi alla porta.

Si alzò dal letto, si guardò brevemente allo specchio, quindi aprì la porta.

Con sua sorpresa, era la segretaria di Catherine a tenere un piccolo pacco.

"Buongiorno", disse la segretaria con un sorriso smagliante.

"Buongiorno, entra."

La segretaria entrò nel piccolo appartamento con il pacco e Julia chiuse la porta.

"Mi dispiace disturbarla così presto," disse il segretario. "Sono impegnato per il resto della giornata, quindi questa è stata l'unica volta che ho avuto."

"Non preoccuparti. Vuoi un caffè o un drink?" Chiese Julia.

"Sto bene grazie mille."

"Quindi cosa ti porta qui questa mattina?"

"Catherine ha contattato gli organizzatori dell'evento", ha risposto il segretario. "Tutti adorano il tuo lavoro e pensano che le tue foto sarebbero le benvenute."

"È un'ottima notizia. Mi piacerebbe molto partecipare."

"Tuttavia, c'è una condizione."

"Che cos'è?" Chiese Julia.

"L'evento di schiavitù è esclusivo e non lasciano entrare nessun estraneo. Pertanto, devi avere un'iniziazione prima di poter scattare foto lì."

La notizia ha svegliato Julia più forte di qualsiasi tazza di caffè.

"Cosa intendi?"

"C'è un processo di iniziazione per i nuovi membri. Mi è stato detto che non c'è modo di evitarlo. Devi farlo, se vuoi continuare a lavorare per Catherine."

"Bene, cosa richiede questa iniziazione? Qualcosa di estremo?"

"Cambia ogni volta", rispose il segretario. "Sono stato avviato alcuni anni fa, ed è stato piuttosto tranquillo. Ma per gli altri, wow. Non vorrei che fossero stati loro."

All'improvviso Julia sentì girare la testa.

Voleva il lavoro più di ogni altra cosa e non voleva deludere Catherine rifiutando.

"Di 'a Catherine che lo farò" disse Julia.

Il segretario sorrise e mise il pacco su un tavolo vicino.

"Sapeva che ti sarebbe interessato. Questo è per te."

"Che cos'è?"

"Aprilo e lo vedrai."

Julia sollevò il coperchio del pacchetto e vide una maschera d'oro su un sottile panno nero.

La maschera era elegante e simile a quella indossata da Catherine durante ogni sessione di schiavitù.

"Per cosa è?" Chiese Julia, mentre prendeva la maschera per esaminarla.

"Dovrai usarla per l'evento. È dello stesso tipo di Catherine, che farà sapere alla gente che sei suo ospite e suo sottomesso."

Julia continuò a guardarlo.

"È una bellissima maschera."

"Certamente. C'è anche un vestito nella confezione. Dovrai indossarlo. Nient'altro che i tacchi."

Julia sollevò il sottile panno nero dalla confezione.

Era completamente trasparente.

"Non mi è permesso indossare nient'altro sotto?" Chiese Julia.

"No, niente. L'evento inizia alle sette del pomeriggio di sabato. Un autista verrà a prendervi alle sei, quindi preparatevi. Vi sarà permesso indossare un cappotto per coprire il corpo quando camminate verso l'auto, ma toglietelo una volta arrivi all'evento. Non dimenticare di portare la maschera e la macchina fotografica. "

"Posso farti una domanda personale?"

"Certo", rispose il segretario.

"Pensi che posso andare avanti con questo? Voglio dire, secondo te, pensi che posso gestire cosa accadrà all'evento?"

Il segretario sorrise.

C'è solo un modo per scoprirlo. "

CAPITOLO 11

Sabato sera.

La porta dell'ascensore si aprì e Julia camminò rapidamente lungo il corridoio del suo condominio.

Indossava tacchi alti e un grande cappotto.

Sotto, indossava l'abito nero trasparente e nient'altro.

Teneva in mano il pacco con dentro la maschera d'oro e un'altra scatola contenente la sua macchina fotografica.

Camminava il più velocemente possibile in modo che nessuno potesse vederla.

Un'auto nera la stava aspettando, con l'autista che teneva la portiera aperta.

Quando salì in macchina, vide Catherine seduta sul sedile posteriore.

Una volta seduta Julia, l'autista chiuse la portiera e si diresse verso la loro destinazione.

"Sei carina con quel vestito" disse Catherine. "È bello vederti in qualcosa di un po 'più sexy di quello che indossi normalmente."

"Grazie. Stai benissimo anche tu."

Gli occhi di Julia si posarono sul corpo di Catherine, che era molto più nudo.

Catherine non si vergognava di sedersi in macchina con indosso solo un vestito nero sottile.

Ogni curva del suo corpo era completamente visibile e i suoi grandi capezzoli marroni potevano essere visti attraverso il materiale sottile.

"Sembri un po 'nervoso" disse Catherine.

"Più o meno. L'intero processo è abbastanza intimidatorio per me. Ho sentito che c'è un'iniziazione che devo attraversare."

Catherine sorrise.

"Hai sentito la cosa giusta."

"Puoi almeno darmi un'idea di cosa accadrà?" Chiese Julia timidamente.

"Temo di no, tesoro. Ma non preoccuparti. Sei in buone mani."

"Lo spero. Dio, questo è un po 'spaventoso."

"Allora perché sei qui?" Chiese Catherine senza mezzi termini. "Qual è la vera ragione? Deve essere qualcosa di più della semplice curiosità professionale. Ammettilo, sei una puttana segreta."

"Non sono una puttana."

"Allora forse dovrei chiedere all'autista di girare questa macchina e riportarla nel tuo appartamento.

"Aspetta," rispose Julia in fretta. "Sono qui perché mi piace quello che fai. Penso che sia eccitante. Voglio continuare a guardarti."

"Hai qualche fantasia di unirti? Hai mai pensato di essere sculacciato, costretto a indossare una cintura con te in uno dei tuoi buchi stretti?"

"Sì, certamente."

Un sorriso malizioso apparve sul viso di Catherine.

"Certo. Sapevo che avevi il potenziale di sottomissione dal giorno in cui sono entrato nel tuo studio. Di solito sono le ragazze tranquille che diventano le troie più grandi"

"Non sono una puttana."

"L'iniziazione dovrebbe occuparsene. Ricorda, nessuno ti obbliga a essere qui. Puoi andare quando vuoi."

Un brivido di paura ed eccitazione fu inviato lungo la schiena di Julia.

Si chiese a cosa si riferisse Catherine, ma Catherine semplicemente girò la testa con un lieve sorriso e guardò fuori dal finestrino della macchina.

QUARTA PARTE
Dolore e piacere

CAPITOLO 12

Furono aperti cancelli di sicurezza e fu permesso all'auto di entrare nella grande proprietà.

L'auto si fermò davanti a un palazzo e le due donne ne uscirono.

"Qui è dove indossiamo le nostre maschere", ha detto Catherine. "E togliti il cappotto. È ora di sfoggiare quel bel corpo che hai."

Julia si tolse il cappotto e lo gettò in macchina.

Una leggera brezza di vento gli ricordava quanto fosse vulnerabile.

Sentì lo spazio tra le gambe formicolare con l'aria fredda.

I suoi capezzoli rosa si irrigidirono per un secondo giro di brezza.

Julia chiuse forte le gambe in un debole tentativo di coprire la sua femminilità.

Entrambe le donne indossano le loro maschere d'oro.

Julia prese la macchina e afferrò la sua macchina fotografica.

Chiusero le porte e l'auto si allontanò.

L'ingresso alla dimora era sorvegliato da due uomini robusti.

Indossavano anche maschere e rimasero in silenzio mentre le due donne si avvicinavano a loro.

"Password, per favore", ha chiesto una delle guardie di sicurezza mascherate.

"Asciugamano", rispose Catherine.

"Le signore possono procedere."

La guardia aprì la porta ed entrarono nella villa.

Julia si meravigliò della stranezza dell'edificio.

Sembrava che fosse stato costruito per una famiglia reale.

Dipinti, decorazioni e oggetti da collezione erano esposti sulle pareti.

L'ingresso attraverso il quale entravano era coperto da un grande tappeto rosso.

Attraversarono una grande sala.

"Devi aspettare un po 'nella stanza degli ospiti" disse Catherine "Qualcuno ti cercherà a breve."

Julia fece un respiro profondo.

"Va bene."

"Starai bene. Calmati."

"Puoi dirmi cosa succederà?" Chiese Julia. "Sarei meno nervoso se lo sapessi."

"No. Aspetta nella stanza finché qualcuno non verrà per te. Tieni la maschera e lascia lì la fotocamera. Ci sarà un sacco di tempo per scattare foto in seguito."

Catherine aprì la porta e fece segno a Julia di entrare nella stanza.

La stanza degli ospiti era semplice, con alcuni mobili in legno.

Julia fece un respiro profondo ed entrò.

CAPITOLO 13

Ha perso la cognizione del tempo che aspettava.

Non si tolse mai la maschera.

Dopo essersi annoiato seduto e aspettando, Julia si fermò davanti a uno specchio e si guardò.

La maschera era affascinante.

E non riusciva a smettere di pensare a come i suoi capezzoli rosa e la sua vagina fossero visibili attraverso il tessuto sottile del vestito.

Si è messa in discussione se stessa e le sue ragioni per esserci.

Prima che potessi pensare di più, bussarono alla porta.

Entrò una donna, completamente nuda, vestita solo con una maschera d'oro.

"Seguimi", disse la donna nuda con voce sommessa.

Julia la seguì fuori dalla stanza e scesero per il corridoio.

Si era fatto più scuro.

Molte luci erano state spente e c'erano molte candele accese in tutte le direzioni.

C'era un gruppo di persone mascherate in piedi nel corridoio.

Alcuni erano nudi, altri indossavano abiti.

Indossavano tutti delle maschere.

Si fermarono in cerchio, con Catherine al centro.

Catherine era completamente nuda ad eccezione della maschera.

Era la prima volta che Julia vedeva il corpo completamente nudo di Catherine.

Julia ammirava la sua figura tonica e le sue curve voluttuose con grandi capezzoli marroni.

Julia fu condotta al centro del cerchio, in piedi direttamente di fronte a Catherine.

Gli altri ospiti mascherati nella stanza rimasero in silenzio.

"Benvenuta Julia," disse Catherine. "Il comitato ha deciso di ammetterla nel nostro Club privato. Non è stata una decisione facile, ma la qualità del suo lavoro e la sua discrezione sono ciò che le ha permesso di entrare. Tuttavia, ci sono condizioni per questa accettazione, ti piacerebbe sapere quali sono?

"Sì," Julia annuì nervosamente.

"In primo luogo, devi provare sottomissione sessuale affinché il gruppo possa vederlo. In secondo luogo, devo indossare quindici fermagli sul tuo corpo durante il processo. Infine, devi avere orgasmi almeno due volte nell'ora successiva. Tutte le condizioni sono obbligatorio. Puoi accettare o partire. "

Julia fece un respiro profondo.

"Sono d'accordo."

"Dicci perché accetti. Perché vuoi che ti compiano atti così dolorosi e degradanti? Sei una ragazza dolcissima."

Julia ci pensò un momento.

"Guardare le sue sessioni negli ultimi due mesi mi ha aperto gli occhi su qualcosa di nuovo. Voglio continuare a far parte di questo."

"Anche se ciò significa dover passare attraverso questa iniziazione?" Chiese Catherine.

"Sì."

"E che cosa ti rende?"

"In una puttana".

Catherine annuì.

"Togliti il vestito. Mostraci il tuo bel corpo."

C'era un brivido lungo la schiena di Julia.

Nonostante le maschere, Julia poteva sentire tutti gli occhi nella stanza in attesa in anticipo.

Fece scivolare in piedi l'abito trasparente ed era completamente nuda.

Resistette all'impulso di incrociare le gambe e lasciò che il suo cavallo ben rasato rimanesse scoperto.

Resistette anche alla tentazione di coprirsi il seno piccolo e permise ai suoi capezzoli rosa di sporgere.

Catherine si fece avanti e si trovò a pochi centimetri da Julia.

Allungò una mano e toccò il piccolo petto di Julia, accarezzandolo delicatamente con la mano.

Fece il giro del capezzolo rosa con un dito, poi lo pizzicò forte.

"Ohh ..." ansimò Julia.

"Ti sto facendo del male?"

"Un po."

"Ci fermiamo allora?"

Julia sapeva che le era stato dato un ultimatum sottile.

"No. Per favore, non fermarti."

Catherine pizzicò ancora di più il capezzolo, facendo sussultare Julia.

"All'inizio potrebbe non piacerti. Ma tu ..."

Una donna nuda mascherata si avvicinò a loro tenendo un cuscino con una piccola pila di mollette.

Catherine prese una delle clip, la aprì e la mise sul capezzolo di Julia.

Lentamente permise alla clip di spremere il capezzolo, a poco a poco.

Catherine lasciò andare la fascetta che le stringeva forte il capezzolo, facendola gonfiare.

"Fa molto male", disse Julia con calma disperazione.

"Vuoi smettere? Le condizioni non sono negoziabili."

"Per quanto tempo rimarrà la clip?"

"Fino a quando non raggiungerai l'orgasmo due volte stasera. Posso accelerare le cose se vuoi. Sarebbe più facile per un principiante come te."

"Per favore..."

Catherine prese un'altra molletta e la usò spietatamente sull'altro capezzolo di Julia.

"Ahhh ..." urlò Julia.

"Finora sono due clip. Tredici rimasti."

"Dove li metterai?" Chiese Julia quasi spaventata.

Catherine si sporse in avanti e sussurrò all'orecchio di Julia.

"Che ne dici delle tue labbra vaginali? Questo è il posto tradizionale per una donna. Vuoi smettere di soffrire o unirti al nostro club?"

Era il punto di non ritorno.

Julia si decise in un momento, anche quando i suoi capezzoli le facevano molto male.

I suoi capezzoli invece del rosa stavano diventando di un rosso intenso.

"Mi rifiuto di smettere."

"Quindi sdraiati sulla schiena. E allarga le gambe."

Julia era distesa sulla schiena sul pavimento di moquette, le gambe spalancate.

La sua femminilità era completamente esposta, in attesa del dolore delle mollette.

Catherine si inginocchiò e si prese il tempo di esaminare la figa di fronte a lei.

Lo studiò e lo ammirò.

Catherine prese una molletta, la aprì e sollevò il lato sinistro delle labbra di Julia.

"Questo può ferire un po '", ha detto Catherine. "Sei una donna adulta. Quindi comportati come una."

Con quelle parole di cautela, Catherine liberò crudelmente il fermaglio, stringendo improvvisamente le labbra, facendo urlare Julia.

Catherine sorrise e prese un'altra clip, questa volta, rilasciandola delicatamente sulle labbra.

La pressione della seconda clip ha fatto cambiare forma alle labbra.

Catherine continuò il processo finché la parte sinistra delle labbra di Julia non fu coperta di mollette.

"Come si sente la tua figa?" Chiese Catherine.

Julia appoggiò la testa sul tappeto e lottò con il dolore dei suoi capezzoli e delle labbra schiacciati dalle mollette dei suoi vestiti.

"Mi fa molto male".

"Ciò dimostra che sei umano. Sono orgoglioso di te per aver durato così a lungo. La tua iniziazione è più dura della maggior parte perché la tua esperienza finanziaria non è la stessa della nostra e non hai precedenti di schiavitù."

"Capisco."

"Buona cagna. La parte difficile è quasi finita."

Catherine prese un'altra clip di vestiti, questa volta posizionandola delicatamente sulle labbra giuste di Julia.

Julia non indietreggiò e gemette.

Si era già abituata al dolore nelle sue sensibili aree sessuali.

Il modello è continuato fino a quando tutte le clip sono state utilizzate sulla figa di Julia.

La vagina, una volta carina e attraente, si era improvvisamente deformata.

Le labbra vaginali si estendevano in diverse direzioni come l'argilla.

Catherine guardò nella figa rosa di Julia e vide che era bagnata.

"Sei pronto per il tuo primo orgasmo" disse Catherine. "Non è così?"

"Sono."

Catherine frustò il centro della figa di Julia senza preavviso.

Lo shock fece urlare Julia in una rara combinazione di dolore e piacere.

Le sculacciate nella figa di Julia continuarono fino a quando le punte delle dita di Catherine furono coperte di fluidi vaginali.

"Ti stai bagnando fradicio, cara" disse Catherine. "Penso che tu sia pronto."

Detto questo, Catherine ha inserito due dita nella sua figa e ha usato le dita dell'altra mano per giocare con il clitoride di Julia.

È stata una combinazione potente.

Le sue dita erano abili nel soddisfare sessualmente le altre donne.

Con le dita veniva lavorato in modo particolare e abile.

Julia gemette di piacere.

Non le importava più del gruppo di persone mascherate che la guardavano.

A quel punto, tutto ciò a cui riuscì a pensare fu la sensazione di bruciore nella sua figa e nei capezzoli.

Le dita continuarono il lavoro frenetico.

Catherine andava sempre più veloce con più intensità.

Il corpo di Julia tremò.

Lei gemette.

Catherine sentì che Julia era sull'orlo del suo primo orgasmo, quindi lavorò ancora di più, toccando la sua figa calda.

Julia si contorse, gemette e la sua schiena si inarcò.

Julia emise un forte grido e le sue dita si arricciarono, poi il suo corpo si rilassò.

"Questo è il primo orgasmo finora," sorrise Catherine, guardandosi le dita coperte di succo di figa. "Ora è il momento dell'orgasmo numero due. Ma questo sarà un po 'più difficile. Puoi lasciarlo cadere quando vuoi. Pronto?"

"Sì."

Catherine schioccò le dita e arrivarono due donne nude mascherate e avvolse cinghie di cuoio attorno alle mani e alle caviglie di Julia.

Guidarono Julia in giro, in modo che fosse in ginocchio.

Allungarono le mani e le caviglie di Julia e le agganciarono ai ganci sul pavimento.

Julia era a faccia in giù, completamente legata e indifesa.

"Il tuo test finale è di diciotto centimetri sul sedere. Non preoccuparti gattino, userò molta lubrificazione per te."

Gli occhi di Julia si spalancarono.

Le cinghie di schiavitù sui polsi e sulle caviglie erano strette e non aveva nessun posto dove andare, a meno che non decidesse di smettere, il che avrebbe definitivamente posto fine al suo rapporto con Catherine.

Si rifiutò di arrendersi, anche quando sentì le dita di Catherine che gli si spingevano dietro.

Le dita erano coperte di una lubrificazione densa.

Le dita sondarono il suo piccolo ano il più lontano possibile.

Catherine non è stata molto gentile.

Per lei erano solo affari.

Quindi Julia ha semplicemente messo la sua faccia mascherata a terra e ha accettato la penetrazione del dito nel culo.

"Indosserò la cinghia con il pene che mi hai visto indossare così tante volte sui miei sottomessi" disse Catherine, sporgendosi sul corpo di Julia. "All'inizio sarò lento, ma spero che manterrai il mio ritmo più tardi."

A quel tempo, Julia aveva ricordi di tutti gli uomini mascherati che erano stati inculati analmente dalla varietà di cinture diverse di Catherine.

Julia aveva immaginato di essere nel ruolo di sottomessa tante volte prima.

Ma non aveva mai immaginato cosa le sarebbe successo davvero.

La punta dell'imbracatura premette contro l'ano di Julia.

Catherine usò le mani per separare le natiche di Julia, permettendo all'oggetto sessuale di penetrare nel piccolo buco.

Julia gemette forte mentre l'oggetto entrava nel suo corpo.

Lentamente si fece strada nel suo retto.

Chiuse forte le mani e serrò i denti.

Quando l'oggetto continuò il lento viaggio nel culo, aprì la bocca ed emise un gemito.

Continuò fino a quando il cavallo di Catherine le premette contro il sedere.

"Ragazza coraggiosa," disse Catherine all'orecchio di Julia. "La maggior parte delle persone avrebbe già smesso. Non tu. Hai quasi finito. Ti sentirai bene in un momento."

Catherine si ritirò lentamente dal retto di Julia, quindi diede una leggera spinta, spingendolo ancora una volta dentro.

Ha usato il ritmo lentamente in accordo con la tensione di Julia.

Ogni spinta faceva gemere Julia.

Julia si guardò attorno mentre veniva sodomizzata.

Gli ospiti mascherati rimasero in silenzio a guardare lo spettacolo.

Si chiese cosa avrebbero pensato di lei.

Si chiese se fossero eccitati.

Si chiese se anche loro volessero entrare nel suo culo.

La spinta dentro il culo di Julia continuò.

Il dolore è stato presto raggiunto dal piacere.

I suoi capezzoli e la sua figa fanno ancora molto male dalle clip sui suoi vestiti.

Il dolore ha continuato a crescere, ma il piacere ha anche creduto con uguale o maggiore intensità.

Il suo ano era ancora dolorante per il giocattolo del sesso da sei pollici e non era completamente abituato.

Ma dentro di lei cresceva uno strano piacere.

Essere scopati analmente per essere visto da tutti è stato emozionante.

È stato sensazionale.

Le spinte sono diventate più veloci e profonde.

Catherine mostrò meno misericordia e meno tenerezza, e cominciò davvero ad essere dura con Julia.

Julia veniva trattata come una qualsiasi delle sottomesse di Catherine, il che era un complimento per Julia.

Significava che Catherine sapeva che Julia era abbastanza forte e dignitosa da ricevere una punizione anale.

"Sento il tuo orgasmo avvicinarsi", disse Catherine, mentre spingeva. "Vieni per me, cara. Fallo e unisciti al nostro club."

"Ci sto provando," ansimò Julia.

"Forse questo ti aiuterà, gattino."

Catherine allungò la mano e iniziò a giocare con il clitoride di Julia, mentre la sodomizzava.

La sessualità di Julia veniva assalita da tutte le parti.

I suoi capezzoli le facevano male.

Gli dolevano le labbra.

Il suo ano e il retto venivano picchiati spietatamente.

Ora il suo clitoride sensibile veniva massaggiato.

"Oh mio Dio!!!" Julia gemette.

La schiena della giovane donna si inarcò violentemente e le sue mani e i suoi piedi si serrarono con tutte le sue forze.

I fluidi si riversarono dalla sua figa e coprirono il pavimento.

Per la seconda volta, corse di nuovo davanti a tutti.

"Congratulazioni," disse Catherine, massaggiandosi i capelli. "Ora sei un membro del nostro club."

Catherine estrasse lentamente il giocattolo del sesso dal sedere di Julia e si alzò in piedi.

Guardò Julia sul pavimento.

Julia era sfinita sessualmente al momento e lentamente tornò a se stessa.

Le altre donne mascherate vennero a sciogliere Julia, rimuovendo le fascette dai suoi capezzoli e dalla figa.

Julia si alzò e gli altri ospiti mascherati nella stanza applaudirono il loro nuovo membro.

EPILOGO

Sei mesi dopo.

Julia indossava un bellissimo vestito mentre aspettava nell'ascensore.

Aveva in mano una grande busta gialla.

Una volta raggiunto il suo appartamento, ha salutato la segretaria con un sorriso familiare.

Quindi entrò nell'ufficio di Catherine.

Sono state scambiate battute e Catherine ha aperto la busta per guardare le immagini appena rivelate mentre si sedevano entrambi.

"Hai superato te stesso", disse Catherine, guardando le foto. "Lavoro squisito. Gli angoli della telecamera, l'illuminazione, il tempo. Questi sono perfetti. I nostri amici del club li adoreranno."

"Grazie. Spero che ti piacciano."

"È un peccato che queste immagini debbano rimanere private. Il tuo talento di fotografo dovrebbe essere riconosciuto da molte più persone."

"Il tuo riconoscimento è sufficiente" disse Julia coraggiosamente.

Catherine sorrise.

"Che ragazza dolce."

"Ho visto il mio assegno posto sulla scrivania della segretaria. Sono sicuro che si tratta di un altro generoso pagamento, per il quale sono molto grato. Ma oggi mi aspettavo qualcosa di un po 'più ... extra ..."

Catherine si chinò nel suo ufficio per togliersi le mutandine da sotto la gonna.

"Molto bene. Hai trenta minuti prima del mio prossimo incontro."

"Grazie."

Julia si avvicinò alla scrivania in modo informale.

Cercò di nascondere la sua impazienza, ma entrambi sapevano come si sentiva davvero Julia.

Catherine allargò le gambe e vide Julia cadere in ginocchio.

Il limite era di trenta minuti, quindi Julia non perse tempo e cominciò a mangiare la figa della sua Padrona Dominante fino a raggiungere il punto dell'orgasmo.

FINE